derrière le gros arbre ?

un gros ours brun

L'OURS

TEXTE MARTIN LIBER

DESSIN JENNY MILLOT

Editions AFL

Devine,

devine ce qu'il y a
derrière,

Et derrière,

derrière

le gros derrière

du gros ours brun,

devine ce qu'il y a ...

trois petits oursons

Et derrière,

derrière

le petit derrière

des trois petits oursons,

devine ce qu'il y a ...

un petit ours en peluche

Un petit ours en peluche ?

Et pourquoi,
pourquoi donc il est là
tout seul
au bord du chemin ?

Eh bien ! c'est que ...

petit ours a lâché la main

Et pourquoi,
pourquoi donc
petit ours a lâché la main ?

Parce qu'il veut rester avec
les vrais ours.

Maintenant,
devine ce qu'il va faire ...

petit ours grimpe à l'arbre

Et,
devine pourquoi
petit ours grimpe à l'arbre ...

C'est que,
de là-haut,
il pourra voir comment
vivent les vrais ours.

Est-ce qu'ils habitent
dans ... **une maison ?**

Mais non, mais non,
cornichon !

ils habitent dans une caverne

Est-ce qu'ils font ...

la sieste ?

Mais oui, mais oui,

ouistiti !

ils dorment sur les feuilles

Est-ce qu'on leur met ...
des couches ?

Mais non, mais non,
cornichon !

ils font pipi sur la mousse

Est-ce qu'ils sont ...
gourmands ?

Mais oui, mais oui,
ouistiti !

ils adorent les mûres

Est-ce qu'ils ont ...

un biberon ?

Mais non, mais non,

cornichon

les oursons tètent leur mère

Est-ce qu'ils jouent ...
aux indiens ?

Mais non, mais non,
cornichon

les oursons se bagarrent

Est-ce qu'ils ont ...
un papa ?

Mais oui, mais oui,
ouistiti !

il vit tout seul dans le bois

Est-ce qu'on peut ...
le caresser ?

Surtout pas, surtout pas,
gros bêta !

l’ours est très dangereux

Mais alors, **mais alors ...**
est-ce qu'il grimpe aux arbres ?

Mais oui, mais oui,
pauvre petit !

FIN